AF177100

Markus Stöger

2 Mann WG

www.tredition.de

© 2017 Markus Stöger

Verlag: tredition GmbH, Hamburg

ISBN
Paperback: 978-3-7345-5381-3
Hardcover: 978-3-7345-5382-0
e-Book: 978-3-7345-5383-7

Printed in Germany

Eine kalte Nacht

In Gedanken versunken sitzt er in seinem Wohnzimmer.

Eigentlich ist es mehr als ein Wohnzimmer, es ist eine Küche, Schlafzimmer und Wohnzimmer
in Einem. Die 32 m² große Wohnung hat neben einem sanitären Bereich, nur mehr ein großes Zimmer.
Aber dort wohnt der 2. WG-Bewohner
… sein Sohn...

Es ist eine kalte Nacht, der Schnee wird von einem eisigen Wind verweht und bläst durch die undichten Fenster. Als Hintergrundgeräusch fungiert der Warmwasser Boiler der mit letzter Kraft versucht etwas Wärme in die kleine Wohnung zu pumpen. An das ständige Anspringen des Boilers hat er sich schon gewöhnt.

Da am tiefen Fenstersims sitzt er in Gedanken und Selbstzweifel vertieft.

Er steht auf und lässt sich einen Kaffee runter, viel Milch und Zucker wandern zusätzlich in die große Tasse.

Er sieht durch das Fenster den verschneiten Innenhof der kleinen Wohnanlage.

Aus der Erdgeschoß Wohnung hat man den perfekten Blick auf die verschneiten Mülleimer die im Hof stehen.

Der Fußboden ist kalt, denn darunter befindet sich nur der Keller und die Waschküche. In der Waschküche ist zusätzlich seit Wochen das Fenster eingeschlagen, und somit kann die Kälte noch besser in das Gemäuer kriechen.

In Gedanken greift er zu seinen Zigaretten, nimmt sich eine Zigarette aus der Schachtel und kippt das Fenster. „Scheiß Dinger" denkt er sich kurz, bevor das Plastik Feuerzeug den Raum kurz erleuchtet. Grummelnd wirft er das Feuerzeug auf das breite Fenstersims.

Er lehnt sich gegen die Arbeitsplatte der alten Küche, er hat versucht diese mit Zeichnungen seines Sohnes zu schmücken.

Die Zigarette glüht auf als er an ihr zieht. Sein Blick ist müde und traurig, als er seinen Blick durch die kleine dunkle und spartanisch eingerichtete Wohnung schweifen lässt.

„Ende 30 und x-ten Mal umgezogen, das ist so lähmend" huscht es durch seinen Kopf.

Er äschert in einen silbernen Dreh -Aschenbecher, den er von seiner Frau Mama, geschenkt bekommen hat.

Was sich wohl seine Eltern denken? Wieder von Null anfangen, die Wohnung mit eingerichtet, da er nie das Geld dafür aufgebracht hätte.

Ein tiefer Zug von der Zigarette und er dreht sich zu dem alten Küchenblock.

Sein Blick bleibt auf einer Zeichnung kleben, darauf 2 Männchen. Ein großes und ein kleines, dazwischen ein riesiges Herz.

Darüber ist in kindlicher Schrift geschrieben „Papa und Elias".

Ein Seufzen hört man kurz, er lächelt. Die einzige Konstanze in seinem Leben. der kleine denkt er.

Aber ist er ein guter Vater?

Er bläst den Rauch aus und dämpft die Zigarette aus. Sein Blick jagt durch die kleine Wohnung. „Wahnsinn, ich bin 37 Jahre alt und wohne nun in einer Box, andere in meinem Alter haben ein Haus mit Pool, weit hast du es gebracht".

Dieser Gedanke hämmert immer und immer wieder durch seinen Kopf.

„Wie oft musste ich schon neu anfangen"
„Wie oft sich wiederfinden und durchstarten". Das hat so viel Kraft gekostet, und er ist müde und ausgebrannt. Arbeiten, Sorgen bekämpfen nie mit sich zufrieden sein, machten ihm leer.

Doch einmal muss er es wieder schaffen, einmal noch von unten wieder nach oben kommen, noch einmal fighten, doch dieses Mal nicht nur für sich, sondern auch für den Kleinen.

Mit diesen Worten versucht er sich zu pushen, er möchte seinem Sohn alles bieten, was nur irgendwie möglich ist. Seine eigenen Wünsche und Bedürfnisse hintenanstellen und durchbeißen.

Sein müder Blick haftet an einem Bild mit giftgrünen Rahmen, auf dem Foto sieht man ihn mit dem Kleinem im Arm, am Tag seiner Geburt und voller Stolz posiert er vor der Kamera.

Die Bindung war schon immer stark zwischen den Beiden. Die ersten 2 Stunden nach der Geburt waren die Beiden ganz alleine, da es beim Kaiserschnitt zu Komplikationen kam und die Mutter erst später den Kleinen zu sich nehmen konnte.

Doch dieser Beginn sollte prägend für die Zukunft sein.

Er nimmt das Bild in die Hand, über 5 Jahre liegen nun dazwischen, die nicht immer leicht und geprägt von Kampf und Schmerz waren.

Die Ehe, die ihm fast in den finanziellen Ruin getrieben hat, das Lehrgeld dafür muss er noch länger abbezahlen. Der innerliche Kampf, die Ehe nicht platzen zu lassen, da er sein Kind nicht aufgeben wollte, doch er konnte nichts kitten. Und es folgte ein Auszug zu Weihnachten, als der kleine Mann 1 Jahr alt war.

Ein Neubeginn, mit viel Streit, Zank und sich nicht Verstanden fühlen, da er seinen Sohn so oft als möglich sehen und bei sich haben wollte, auch wenn er dafür den Teufel seine Seele dafür verkauft hat.

Gefolgt von einem kurzen Intermezzo, mit einer eiskalten Frau, die sich zwischen ihm und seinem Sohn stellen wollte.

Aber nie und nimmer konnte sie das schaffen, den Vorwurf den er sich nun macht ist, dass er zu lange zu sah und nicht sofort die Reißleine zog.

Er muss diese vielen Kapitel abschließen, und das so schnell als möglich. Gedanken verloren wird die Kaffeemaschine erneut eingeschaltet, und ein Kaffeetaps verschwindet in der selbigen. Kurz unterbricht das Brummen der Maschine, das laute Geheule des Windes und das Tackern des Boilers. Der heiße Kaffee läuft in die „Ohne Papa ist alles doof" Tasse, die 4 Stück Würfelzucker und die Milch finden fast von allein ihren Weg in den Becher.

Er nippt am frischen zubereiteten Kaffee und abermals raucht er sich eine Zigarette an.

Wie immer sieht er dabei aus dem Fenster, der eisige Wind spielt mit dem Schnee und stapelt ihm an die kleine Mauer die vor den Mülltonnen steht.

Wahnsinn was alles in den 5 Jahren passiert ist, denkt er sich. Doch jetzt hat er zumindest seinen kleinen Schatz bei ihm wohnen. Und er fühlt wie stolz er auf den Kleinen ist, dass er mit der Situation so gut umgeht, dass sie beide von Neustarten müssen, und seine Mutter nicht für ihm da ist. Es war nicht leicht einem 5-Jährigen zu erklären, dass seine Mama in einer Klinik ist und er sie für ein Jahr nicht sehen wird. Auch wenn das Miteinander von Beiden nie geklappt hat, bleibt sie die Mutter und

er musste mit den Fragen von Kindergarten Freunden umgehen lernen, die sehr wohl mitbekamen,

dass nur mehr der Papa ihm abholt. Und ihm schon immer Löcher in den Bauch fragten warum er nicht bei seiner Mutter lebt.

Aber er hat es gemeistert. Auch ist dem Kleinen bewusst, dass es zwischen ihm und seiner Mutter nie so sein wird, wie es normal ist und sich Jungs wünschen.

Er zieht an seiner Zigarette, bläst den Rauch durch die Nase wieder aus und macht einen großen Schluck von seinem Kaffee.

Eine Mutter ersetzen kann er nicht, er kann nur versuchen als Vater so gut wie irgendwie möglich zu sein. Wobei das nicht immer so leicht ist, da er und der Nachwuchs sehr ähnlich sind, bei den positiven Eigenschaften aber auch bei den schlechten, dann prallt aufbrausend und stur auf aufbrausend und stur.

Kurz huscht ein Grinsen über sein Gesicht, „können uns halt nicht abstreiten", denkt er sich.

Die Zigarette wird ausgemacht, der Kaffeebecher geschnappt und er wandert damit zu seiner Couch, diese ist schon zum Schlafen hergerichtet, Polster und Bettdecke schiebt er zur Seite.

Auf dem Tisch liegt sein IPad auf dem noch die Foto Galerie geöffnet ist.

Der Zeigefinger streicht über das Gerät, das Licht glänzt in seinen Augen und sie müssen sich erst auf das grelle Licht einstellen. Er öffnet den Ordner „Elias & Ich" das erste Foto zeigt sie im violetten Fußball Dress beim ersten Stadionbesuch ihrer Lieblings-Mannschaft. Schmunzelt erinnert er sich zurück, dass der Kleine im Stadion laut stark schrie, er könne das besser und er spontan Applaus von den Besuchern erhielt.

Aber nicht nur Fußball Fotos gab es zu begutachten, sondern auch viele Fotos von Ausflügen in den Tierpark, Schwimmbäder, aber auch vom Eishockey spielen.

Auf einem Foto sieht man Vater und Sohn im Eishockey Shirt, der Kleine verschwindet fast in den „Kindershirt". Er mag die Fotos, auf dem sein Sohn glücklich und zufrieden aussieht. Wie das Foto, auf dem man das Maskottchen der Eishockeymannschaft getroffen hat. Um seinen Sohn so glücklich zu sehen, verzichtet er gern darauf, dass er sich zu Mittag etwas zum Essen kauft oder auch mal keine Zigaretten daheim hat.

Das Lächeln gibt immer wieder die Kraft alles zu schaffen und jedes Hindernis zu nehmen.

Kurz geht er in sich und öffnet dann den Ordner „Urlaube", die Fotos von der abgeschlossenen Beziehung hat er vor Monaten schon aus allem gelöscht, was ihm unterkam.

Trotzdem ist noch so ein leichtes Unwohlsein dabei, doch das verschwindet sofort als er seinen Sohn mit Schwimmwindeln am Meer stehen sieht.

„Das ist nun über 3 Jahre her", denkt er sich. „Voll süß war der Kleine als er das erste Mal ins Meer lief."

„Urlaub am Meer das wäre es jetzt" seufzte er, doch

das Konto gibt gerade mal einen Besuch in der Schwimmhalle her.

Dabei wäre er schon mehr als urlaubsreif, der Stress im Büro und dann daheim immer 150% geben macht ihm müde.

Dazu kommen die schlaflosen Nächte so wie diese Nacht in der er einfach keinen Schlaf finden kann.

Und diese Nächte häufigen sich in der letzten Zeit immer mehr. Der mittlerweile lauwarme Kaffee wird geleert und die Tasse wandert wieder auf den Tisch retour.

Das laute zuknallen der Haustüre und das Getrampel im Stiegenhaus lässt ihm kurz aus seinen Gedanken reißen.

„Herrlich diese Erdgeschoß Wohnung" Augenrollend nimmt er zur Kenntnis, dass ein leiser Nachbar wieder heimgekommen ist.

Sauer vom am Gang telefonierenden Nachbarn, springt er auf und geht ins Badezimmer. In dem kleinen Badzimmer hat man alles auf einem Fleck: Dusche, Klo und Waschbecken.

Als er den ersten Schritt ins Badzimmer macht steht er auch schon im Nassen. Die Duschkabine ist undicht und der Nachwuchs war noch schnell duschen vor dem zu Bettgehen. Kopfschüttelnd wird die Pfütze mit einem Handtuch bekämpft.

„Ich zahl 586€ für das hier, das ist echt zum Kotzen" murmelt er vor sich hin.

Er dreht sich um und steht vor dem Badezimmerspiegel. Seine blauen Augen starren ihm an, als würden sie ihm fragen ob ihm nun leichter sei.

Spontan fiel ihm sein Besuch beim Psychologen ein, er dachte damals vielleicht könnte ihm dieser bei seinen grauen Gedanken und der Schlaflosigkeit helfen. Er zieht die Augenbraun hoch und sieht sich sein Spiegelbild an.

Aber das konnte er nicht, er hat zwar Tabletten bekommen, aber nichts Neues von sich erfahren, was er nicht schon selbst von sich wusste.

Er grinst sich an „die ganzen Psychologen brauchen selber einen". Auch die Tabletten halfen nicht und wurden schon lange entsorgt. Außer das er sich noch müder fühlte passierte nichts und er wollte nicht müde sein, sondern viel Power haben für den Nachwuchs.

Er sieht auf die Uhr, „1:48 na das ist ja mal eine gute Zeit" sarkastisch nahm er zur Kenntnis, dass er auch

in dieser Nacht nicht viel schlafen wird, den der Wecker läutet um 6:00 Uhr.

Sein Blick wandert wieder zu seinem Spiegelbild, die
Augen sind müde und leer, so wie sein ganzer Ge-
mütszustand müde und leer ist.

Warum immer Kämpfen müssen? Es gibt so viele die immer auf die Butterseite fallen. Für die Geldsorgen ein Fremdwort ist. Die nicht nach der Firma heim hetzen, dazwischen einkaufen gehen müssen und dann den Nachwuchs betreuen.

Die einfach immer alles haben. Er seufzt, aber er muss weitermachen, auch wenn er nicht weiß woher er die Kraft nehmen soll.

Es kommt ihm so vor als würde ein Teufelchen und ein Engel auf seinen Schultern sitzen. Der eine flüstert „lass es sein, scheiß drauf, beende diese Farce."

Dann kommt die zweite Stimme „du musst weitermachen, dein Sohn hat es sich nicht ausgesucht und du bist es ihm schuldig. Und auch deiner Mutter, und um allen zu beweisen, dass du besser bist als sie." Er sieht sich streng in die hellblauen Augen, die Pupille zieht sich durch die helle LED Lampe im Spiegel zusammen. Der drei Tage Bart wird auf 2 Stellen etwas gräulich. „Spitze, jetzt werde ich noch ein alter Sack" sagt er zu seinem Spiegelbild. „Na Hauptsache ich werde nicht fett" grinst er.

„So eine rauchen wir noch und dann versuchen wir zu schlafen" erklärt er sich selbst.

Mit einem Schritt verlässt er das Badezimmer und geht in sein Küchen- Wohnschlafzimmer.

Am Boden liegt ein Kuvert, es muss beim Öffnen des Küchenfensters verweht worden sein.

Es ist die Gasnachzahlung von 600€, sie lag zuvor noch bei der Küchenspüle, denn sie ist heute gekommen. 189€ Gaskosten alle 2 Monate, und die Wohnung ist eiskalt und dann noch eine beachtliche Summe für die Nachzahlung. Er verdreht die Augen, als er kurz den Erlagschein in die Hand nimmt. Verächtlich schmeißt er den Umschlag samt Inhalt wieder auf die Arbeitsplatte seiner Küche. „Werde ich morgen einzahlen, damit das erledigt ist".

Er wühlt in der Zigarettenschachtel und findet noch eine. Schnell ist diese angezündet und das Fenster geöffnet. Die Stille dieser Winternacht kommt dadurch in seine Wohnung. Vereinzelt sieht man noch Lichter in den Wohnungen der anderen Parteien brennen. In einer Wohnung sieht man nur das Flackern des Fernsehers.

In die Nebenstraße verirrt sich nur sehr selten ein Auto um diese Uhrzeit, die Stadt wirkt so friedlich aus diesem Blickwinkel.

Man hört Schritte im Schnee knirschen und das Geräusch, wie eine Schaufel sich ihren Weg durch den Schnee gräbt. Sehr fleißig der Hausmeister, ist schon am Schneeschippern. Er grüßt kurz runter und der dick verpackte Mann murmelt durch den Schal hindurch „guten Abend".

Er sieht den Mann zu wie er die Zugänge der Stiegen-häuser vom Schnee befreit und die Treppen Auf-gänge mit Salz zum Tauen bringt. „Mhm, wenn es in der Nacht friert haben wir es fesch in der Früh" sagt er leise zu sich selbst.

In den Moment wird es hell, ein Auto versucht sich langsam in die noch verschneite Durchfahrt zu wa-gen. Eigentlich rutscht er mehr als was er fährt und versucht krampfhaft in keine der seitlichen Mauern bzw. Zäune zu rollen.

Der Rauch der Zigarette zieht nach draußen und er atmet tief ein. Als würde er den Druck, der auf seinen Schultern liegt einfach wegblasen wollen.

Und der Druck ist enorm im Moment, jeder beobach-tet sein tun. Ob er als Vater das wirklich hinbekom-men kann, ein Kind alleine zu erziehen und großzu-ziehen. Großeltern, die es gut meinen, aber nicht se-hen wollen, dass er es einfach anders macht als sie. Gute Ratschläge, die ihm schon bei den Ohren rauskommen.

Aber am meisten kotzen ihm die mitleidigen Blicke an, wenn man sagt, ich bin ein alleinerziehender Va-ter.

Und dann die Aussagen wie „Oh muss schwer sein oder?" Warum sollte es für ihn schwerer sein als für die vielen 1000 alleinerziehenden Mütter?

Kann man ein Kind nur gut erziehen, wenn man Titten hat? Schön war auch die Aussage einer Kollegin „dein armes Kind muss sicher immer Fast Food essen, weil ein Mann und kochen". Fassungslos erklärte er das er kochen für seinen Sohn gelernt hat. Und dass die meisten Hauben Köche Männer sind.

Er sieht dem Rauch zu, wie er vom Wind verweht wird während er mit den Aussagen von außen beschäftigt ist.

Der Zigarettenrauch und der warme Atem steigen in die Nacht weiter auf, wie ein Kind spielt er mit dem Rauch.

Er merkt natürlich auch im Kindergarten die prüfenden Blicke der Pädagoginnen und Kindergarten Helferinnen.

Wie sie ihn fixieren, wenn, beim Abholen der Nachwuchs nicht sofort mitmöchte, wie er dann darauf regiert.

Oder Nachgefragt wird ob es stimmt, dass man am Wochenende weggefahren ist und ob man dabei Hilfe hatte.

Er weiß, dass er viele Themen anders behandelt wie es eine Mutter machen würde, aber heißt das automatisch das eine Mutter das Idealrezept für alle Probleme hat?

Wo ist das Problem, wenn man in der Wohnung Star Wars nachspielt, oder Vater und Sohn bei einer Comic Messe sich als Comic Helden verkleiden.

Die orange leuchtende Glut wird in den Aschenbecher geklopft. Und er sieht streng in die kalte Nacht hinaus.

„Mühsam ist es sich immer wieder gegen den Strom zu stellen" schießt ihm durch den Kopf. Doch einfach abschütteln kann er es nicht, er macht sich seine Gedanken darüber, ob die Kritiker vielleicht Recht haben könnten.

Genervt dämpft er die Zigarette aus, blickt noch einmal in die Nacht und schließt das Fenster.

„Noch einmal nach dem Nachwuchs sehen" denkt er sich, leise betritt er das Kinderzimmer des kleinen Prinzen. Das Zimmer ist gespickt mit Spielzeug, Lego Sets stehen liebevoll aufgebaut, auf den Fenstersims und auf bunten Regalen. Der weiße Kasten wurde mit Postern geschmückt um nicht so schlicht auszusehen.

Es ist Schweine kalt in dem Zimmer, prüfend legt er seine Hand auf den Heizkörper. „Ganz super, nur lauwarm" der Warmwasser Boiler schafft es einfach nicht, „genervt verdreht er die Augen".

Schnell entscheidet er sich, dass er den Kleinen vorsichtig aus dem Bett hebt und vorsichtig in das wärmere Wohnzimmer trägt.

Behutsam wird der Nachwuchs auf die Couch gelegt und zu gedeckt.

Er sieht ihm traurig an, „es muss sich was ändern, so geht das nicht weiter" flüstert er zu sich.

Er fühlt sich heute extrem schuldig, dass er seinem Kind nicht das bieten kann, was er sich für ihn erträumt hatte.

Auf einmal beginnt er zu lächeln, denn obwohl es nicht immer leicht ist, ist die Liebe, die er von seinem Sohn bekommt, jeden Kampf wert.

Es fallen ihm die vielen gemeinsamen Ausflüge ein, die Urlaube und das Herumalbern. Die Kuschel Attacken des Kleinen. Einkäufe, bei dem der Nachwuchs nur in Shorts bekleidet durch den C&A lief und er ihm hinterher mit der Hose. Das erste Mal gemeinsam Fußball zu spielen und beide danach saudreckig waren. Er ist so froh, dass er keine vollen Windeln mehr verschwinden lassen muss, wenn sie auf Mittelalterfeste oder auf Comic Messen waren. Er fixiert lange seinen ganzen Stolz.

Was noch alles kommen wird, kann niemand sagen, auch wird nicht alles leichter werden.

„Vielleicht mache ich nicht immer alles richtig, aber sicher auch nicht alles falsch" denkt er sich zuversichtlich.

Die Verbindung, welche die beiden haben, einfach unbeschreiblich schön.

Er küsst seinem Sohn die Stirn und flüstert ihn „Danke" ins Ohr.

Ein Blick auf die Uhr, zeigt ihm, dass es schon 2:33 Uhr ist.

Tief dankbar, dass er so einen Sohn hat, nimmt er ihn in den Arm und versucht noch ein paar Stunden Schlaf zu finden.

der Tag danach...

Erbarmungslos, schlug der Handy Wecker zu. Das schrille Geräusch erfüllt den kleinen Raum, ferngesteuert wird der Wecker abgewürgt, und verächtlich auf die Uhrzeit geblickt. Seine Augen kneifen zu, als er auf das hell leuchtende Display starrt. 6:00 Uhr und es ist noch stockdunkel „eine gute Zeit aufzustehen" denkt er sich kurz.

Schnell wird der Nachwuchs noch einmal gedrückt und zugedeckt. „Du kannst noch ein paar Minuten dösen" flüstert der Vater seinem Sohn ins Ohr.

Es ist die pure Routine, wie er das Frühstück für sich und den Jungen herrichtet, jeder Handgriff sitzt, als wäre er einstudiert.

Die Kaffeemaschine gurgelt den ersten Kaffee runter, der Kakao und die getoastete Waffel stehen am Tisch und warten darauf weg geputzt zu werden.

Die Augen des Vaters sind leicht geschwollen, wegen dem Schlafentzug. Er nippt am Kaffee, „komm kleiner Padawan, aufstehen, du kannst mal frühstücken, während ich mich fertigmache.

Er huscht ins Bad, auch hier alles pure Routine, kurz ein Blick in den Spiegel „na fesch" murmelt er kurz,

und versucht wieder einen Menschen aus sich zu machen.

Währenddessen sitzt der Kleine im Batman Pyjama, isst sein Frühstück und summt dabei sämtliche Lieder die ihm einfallen, besonders laut und gern „Gangnam Style".

Was für ein Irrenhaus, denkt sich der Vater, als er sich die Zähne putzt. Aber genau diesen leichten Anflug von Chaos und Irrsinn, den mag er.

Der Kleine ist glücklich, und was ist schon normal in einer Welt, die sich immer mehr selbst ins Chaos treiben lässt. In der Tonnen von Lebensmittel verrottet werden, und zigtausende Menschen sterben.

Heilige Kriege geführt werden, obwohl all diese Völker an den gleichen Gott glauben, nur an andere Schriften. Also, was ist hier schon normal…vielleicht sind sie normaler , als viele der gut bürgerlichen Familien, die in der Gasse, in der ihr Wohnhaus steht, diese entzückenden Einfamilienhäuser haben.

Übertrieben grinst er in den Spiegel „na bitte geht doch" sagt er zu seinem Spiegelbild.

„Na komm Junior" treibt er seinen trödelten Junior. Leicht genervt, schlapft der Kleine an ihm vorbei Richtung Badezimmer. Diese kurze Zeit wird dazu genützt, schnell die Couch zu zumachen und die Wohn-Schlaf-Küche aufzuräumen.

Das Zimmer ist so klein, dass es sofort unordentlich aussieht, auch wenn nur ein Kaffeebecher am Couchtisch steht.

„Furchtbar" nuschelt er, dabei sieht er amüsiert zu, wie der Nachwuchs an ihm vorbei trottet Richtung Kinderzimmer um sich umzuziehen.

Die Minuten verfliegen, aber das Kind kommt nicht mehr aus dem Zimmer, darum beschließt er mal nachzusehen, was da los ist.

Er öffnet die Schiebetüre zu dem kleinen Zimmer, und da sitzt er…Oben ohne in Pyjamahose und spielt Lego. Fassungslos sieht er seinen Jungen an „Ahm umziehen wäre der Plan gewesen" als Antwort bekommt er ein „oh".

„Na komm gib Gas, wir müssen los". Kopfschüttelt packt er seine Sachen für die Arbeit, und wartet auf den Kleinen, der nun endlich mehr anhatte.

Dick eingemummelt gingen beide zum Auto, das dick eingeschneit ist freute nur einen der beiden Männer, der andere kehrte es missmutig ab.

So, und nun schnell zum Kindergarten, sonst komm ich zu spät ins Büro und kann nicht rechtzeitig gehen, um ihn pünktlich abzuholen.

Ja, das ist der tägliche Wahnsinn, wie das große weiße Kaninchen von Alice im Wunderland herum zuhetzen.

FÜR MEINEN
LIEBEN PAPA!
ALLES GUTE
WÜNSCHT
ELIAS

Er hat permanent, dass Gefühl zu spät zu kommen, immer die leichte Panik, Termine wegen dem pausenlos herum hetzen , nicht einhalten zu können.

Aber sie liegen, heute trotz trödeln, Nacktskandal im Kinderzimmer und Schnee abkehren verdammt gut in der Zeit.

Und wie 6 Richtige im Lotto gibt es einen Parkplatz genau vor dem Kindergarten. Gott sei Dank heute nicht die ersten, und sogar noch einer seiner besten Freunde da, dann wird das Verabschieden nicht zu lange dauern.

Flott zieht sich der Junior um, das kann ab und dann auch ewig werden, wenn die Lust auf Kindergarten beim Gefrierpunkt liegt.

Aber heute soll schon in der Früh getobt werden, damit die Frau Pädagogin ihren Kaffee sich verdienen muss, denkt sich der Vater schmunzelt.

Ein schneller Drücker, ein schnelles Bussi und schon sieht man nur mehr eine Staubwolke und der Kleine ist im Spielzimmer verschwunden. Schnell wird sich von der Frau Pädagogin verabschiedet, ihr leitender Blick wird mit einem „tja wird wohl kein Kaffeekränzchen still zur Kenntnis genommen.

Rein ins Auto, auf die andere Seite Wiens ins Büro.

Den Arbeitstag in der IT möchte ich nur so zusammenfassen, stressig, da man immer Lösungen für Probleme finden muss, für die man nichts kann. Es ist prinzipiell dringend, und die Fragen der Kunden dürfen anscheinend nur 2 Sätze lang sein.

Wichtig ist für ihm, dass er alle seine Aufgaben rasch fertigbekommt, spätestens um 16:30 Uhr muss er los, da der Kindergarten um 17:00 Uhr schließt.

16:33 „Fuck das wird knapp" eilig packet er seine Sachen zusammen. Ein kurzes Tschüss muss für seine Kollegen reichen und er hetzt schon Richtung Auto. Der schwarze kleine Ford schlittert aus der Parklücke und die Wettfahrt gegen die Zeit beginnt. Die zweite Ampel die schon auf Rot spring, er Blickt auf die Uhr das wird heute richtig knapp. Sein Bein wippt nervös neben dem Gaspedal, „geh bitte es ist grün können die Wappler da vorne mal ins Gas steigen" Grimmig sieht er nach vorne. Die Ampel blinkt schon wieder, sie ist schon fast Rot, er steig ins Gas und kommt gerade mal so rüber. Weiter geht es Richtung Kindergarten. Schnell parkt er das Auto ein läuft durch den Braunen Schneematsch. Er sieht auf die Uhr 16:50

„yes". Den gelangweilten Blick der Kinderpädagogin nimmt er gar nicht mehr wahr. Dass sein Kleiner mal wieder der Letzte ist, der abgeholt wird, wurmt ihm mehr. Das zynische „schön, dass sie da sind" würde er gern mit einem bitterbösen Satz quittierten, aber er will nicht, dass dann vielleicht der Nachwuchs die schlechte Laune abbekommt. Er nickt nur kurz und hilft seinem Sohn in die Jacke.

Zügig verlassen beide den Kindergarten und beginnen auf dem Weg zum Auto eine Schneeballschlacht.

Eine kleine, da der Schnee schon weich und patzig ist. Kurz fällt der Stress von ihm, zwei Minuten durchschnaufen. Dann schnell einkaufen, „wir essen heute Leberkäse mit Püree, ist das ok?" der Junior nickt. Kurz darauf biegen beide am Parkplatz des Diskonters ein. Schnell schnappen sie sich einen Einkaufswagen, beide möchte so schnell als möglich heim.

Flott eilen beide durch den Laden, gut eingespielt wandern die Lebensmittel in den Wagen, ein gut eingespieltes Team kämpft sich ihren Weg zur Kassa.

Wie immer wartet der Junior vor der Kassa auf seinen Vater, schnell wird bezahlt und der Einkauf eingetütet. Auf dem Weg zum Auto sehen sich beide an, schmunzeln und schreien „HEIMWÄRTS".

Heute am Abend haben sie mehr Zeit, den am nächsten Tag ist Samstag und somit frei für beide. Die Einkäufe werden hurtig in die kleine Küche aufgeteilt und der winzige Kühlschrank überladen. So nun wird gekocht, jubelt der Nachwuchs und verzieht sich in sein Zimmer, um sich ein Hörspiel von den 5 Freunden anzuhören. Die CD wird sicher heute noch ein paarmal laufen, denkt sich sein Vater, während er die Pfanne und den Kochtopf auf den Herd stellt.

Er grinst „lasset die Spiele beginnen", mit diesen Worten beginnt das Kochspektakel, und endet nach zwanzig Minuten mit den Worten „Krümel essen ist fertig, kommst du".

Während beide essen, dudelt das Hörspiel zum zweiten Mal durch die kleine Wohnung.

Du solltest es bald auswendig können, stellt der Vater fest, der Nachwuchs nickt mit vollem Mund und singt die Anfangsmusik mit, noch immer mit vollem Mund.

Das Geschirr stapelt sich in der Mikro Küche, seufzend wäscht der Vater das Geschirr mit der Hand ab, da der Warmwasserzufluss in der Küche ein Problem hat, wird das Wasser nicht einmal lauwarm. Schnell wird die Wohnung noch gesaugt, das Kinderzimmer wird mit dem Staubsauger nur umschifft, zu viel Lego am Boden, was sonst seinen Weg in den Staubsauger finden würde.

So fertig! Jubelt der Kleine. Ich komm gleich, meint der Vater und küsst seinem Sohn die Stirn. Er geht in das Vorzimmer, kramt im Kleiderkasten herum und zieht sich im Badezimmer um.

Mit einem blauen Sommerschal über dem Auge und einem schwarzen Hemd, das er mal auf einem Mittelalterfest erstanden hatte schleicht er sich in das Kinderzimmer, stellt sich hinter seinem Sohn und brummelt mit tiefer Stimme „so Peter Pan, nun habe ich dich! Ich der großartige Hook".

Der Kleine schnappt sich grinsend seinen Musketier Hut und seinen Degen, seinen Vater bleibt nur ein altes Lichtschwert und beide duellieren sich quer durch das Wohnzimmer über die Couch, Badezimmer und wieder retour. Immer wieder hört man „An garte" durch die Wohnung hallen. Gott sei Dank wohnt keiner unter uns, und reinsehen kann auch keiner. Das Schauspiel geht eine ganze Weile bis beide, laut lachend und erschöpft auf die Couch fallen.

„Ich gebe auf" schnaubt „Hook".

Das sind genau die Momente, in denen er weiß und fühlt warum er nie aufgibt. Es ist die Leichtigkeit, die er dann wieder fühlen kann.

Nach einer etwas rauen „Knuddel-Attacke" des Nachwuchses, wird beschlossen, dass er sich bettfertig machen soll, damit man den Abend mit einem Film ausklingen lassen kann. Der Film Abend wird mit Knabbereien zelebriert. Beide liegen auf der Couch und sehen sich den Disney Film an, gut zum gefühlten hundertsten Mal.

Aber es schleicht sich Ruhe in das von Stress und getriebene Leben. Und wirklich ohne viel Diskussion wandert der Junior nach dem Film ins Badezimmer, putzt sich die Zähne und legt sich in sein Bett. Die Gute Nacht Geschichte bekommt er nur mehr bis zur Hälfte mit und schläft. Leise schleicht sich sein Vater aus dem Zimmer. Den Schmerzschrei, weil er gerade auf einige Legoteile gestiegen ist, unterdrückt er. „Fuck scheiß Plastik Klump" murmelt er ganz leise.

Er setzt sich auf die Couch und schnauft durch, es beginnt nun die Zeit, die er zwar auf der einen Seite sehr schätzt aber genau so sehr hasst. Die Zeit mit ihm allein, den Abend, und den Tag zu reflektieren. Doch schleichen sich auch, die dunklen Gedanken dabei mit ein. Schnell flüchtet er in Dusche, obwohl die Dusche sehr eng ist, genießt er das warme Wasser auf der Haut.

Frisch geduscht, und mit einem heißen gut duftenden Kaffee sinkt er in die Couch. Wird sich die kommende Nacht, in die Liste der vielen schlaflosen Nächte einreihen?

Vielleicht, aber vielleicht auch nicht, er hat einen Plan und Ziele. Er hat den Plan, keinen fixen Plan zu haben, Dinge nicht krampfhaft versuchen zu erreichen, sondern sich treiben zu lassen. Das Schöne zu genießen, zu akzeptieren, aber auch dankbar zu sein, was er hat.

Sich mehr treiben zu lassen, seine Ziele zwar nicht aufgeben, aber auch nicht seinen Seelenfrieden, das Erreichen der Ziele zu binden.

Grinsend trinkt er seinen Kaffee, zündet sich eine Zigarette an. Heute fühlt sich der Tag gut an, er ist glücklich und mit seinem Nachwuchs, unbesiegbar.

...Gegenwart...

mittlerweile sind 2 Jahre nach dieser schlaflosen Nacht vergangen.

Er liegt in einer Hängematte auf einem wunderschönen Spielplatz vor einem alten Schloss seines Heimatbezirkes.

Und er sieht seinem Nachwuchs beim Spielen zu, stolz beobachtet er ihn, wie sich der kleine Mann auf dem Klettergerüst austobt.

Die 2 haben den Neustart geschafft, die kalte kleine Wohnung konnten sie hinter sich lassen und gegen eine schöne und große Wohnung tauschen.

Die Zeiten, wo man auf der Couch schlafen musste sind vorbei, ein eigenes Schlafzimmer für beide ist nun genau so ihr eigen, wie eine warme Wohnung in den kalten Jahreszeiten.

Ja, es ist geschafft, mit viel Fleiß konnte die finanzielle Lage verbessert werden. Er konnte mit seiner Vergangenheit abschließen, und sich wieder neu fokussieren.

Die Sonne spiegelt sich in seinen Sonnenbrillen, zufrieden mit sich und der Welt, genießt er diesen schönen Frühlingstag.

Auch die unken Rufe von außen versucht er nicht mehr an sich ranzulassen. Immer gelingt dies natürlich nicht. Da es immer wieder Machtspielchen mit der Kindesmutter gibt, und vermutlich immer wieder geben wird.

Oder Aussagen von Außenstehenden die man nicht einfach ausblenden kann. Aber er weiß und fühlt nun auch, dass sie beide ihren Weg gehen werden. Stolz ist er, dass der mittlerweile nicht mehr so kleine Mann in der Schule sich eingefunden hat.

Die Kinder tollen an ihm vorbei, auch der Nachwuchs kommt heran gerauscht und läuft nach einem High five weiter.

Genüsslich schlürft er an seinem Cola, und auch wenn ihm bewusst ist, dass nicht immer alles easy laufen wird, ist er mit dem Glück, dass er sich und seinem Sohn erarbeitet hat, zufrieden.

Sie sind keine normale Familie und er kein normaler Vater. Aber sie sind ein Team, das Beste was er sich vorstellen kann. Und aus diesem Grund, hat es sich ausgezahlt , nicht aufzugeben.

Was die Zukunft bringt, weiß er nicht, will er auch nicht wissen. Er möchte die Zeit genießen, diese verfliegt mit dem Kleinen wie im Flug.

Für den Moment findet er es gut so wie es ist, er lächelt seinen Sohn zu wie dieser wie ein Äffchen am Klettergerüst hängt. „Danke Kleiner" sagt er leise zu sich. Erreicht hat er vieles, Ziele hat er noch mehr, und wenn auch jeder Tag ein neuer Kampf gegen dunkle Gedanken und frustrierenden Situationen ist, stellt er sich jeden Tag diesen Aufgaben. Oft unbekümmert wie ein Kind und dann auch wieder berechnend wie eine Maschine. Doch sein Gefühl sagt ihm, dass er auf einem richtigen Weg ist. Ein glückliches und gesundes Kind zu haben ist mehr wert als Millionen am Konto.

Warum dieses Buch

Vielleicht fragen Sie sich was soll dieses Buch mir mitteilen? Was möchte ich als Autor mit diesem Buch sagen?

Primär ging es mir darum ein dunkles Kapitel aufzuschreiben. Aber nicht, dass ich damit abschließen kann, da ich der Meinung bin, dass man nur etwas Schreiben kann was vollendet ist. Erst wenn man über etwas schreiben kann ohne alte Wunden aufzureißen sollte man dies tun.

Das ist aber nur meine Meinung.

Doch warum nun dieses Buch?

Das hat verschiedene Gründe...ein Grund dafür war für mich diese sehr prägende Zeit nochmals Revue passieren zu lassen.
Aber nicht daran zu klammern, sondern es so zu betrachten wie es war.
Das der Mensch gerne dazu neigt die Vergangenheit im Laufe der Zeit verklärt zu sehen.

Und das möchte ich nicht, es soll mir jeden Tag vor Augen halten wie unverblümt diese Zeit war.

Ich wollte aber auch Ihnen einen Einblick geben, dass man, wenn man den Willen hat sich mental wieder fangen kann.

Es wäre vermutlich sehr narzisstisch von mir zusagen, dass ich miich von ganz unten wieder nach oben gekämpft habe.

Es gibt viele Schicksäle, die einen Menschen viel weiter nach unten reißen können.

Aber für mich persönlich war es mein emotionaler Tiefpunkt.

Sollten Sie sich gerade in einer Situation befinden, die ähnlich ist, werde ich Sie mit guten Ratschlägen verschonen.

Denn diese wohl gut gemeinten Ratschläge will man in diesem Augenblick nicht hören, weil man sich unverstanden fühlt.

Aber auch und so ehrlich muss man sein, ab und zu auch diesen Schmerz genießt, weil man sich dann der groben Masse überlegen fühlt.

Weil man für sich in dem Moment denkt, dass niemand auch nur den Hauch einer Idee hat, was man gerade fühlt, denkt oder mitmacht.

Darum werde ich Ihnen werte Leserinnen und Leser die Floskeln, „es wird wieder" oder „du musst positiv in die Zukunft sehen" ersparen.

Was ich in diesem Buch zum Ausdruck bringen wollte, ist viel mehr, dass man es schaffen kann, wenn man sich traut auszubrechen.
Ich habe lernen müssen, dass ich dankbar für das bin was ich habe und nicht mich nach den verzehren soll was ich nicht habe. Dass es eine Gattung Mensch gibt die einfach immer auf die Butterseite des Lebens fallen. Dass man das einfach akzeptiert, denn den Gräuel zu heben kostet einfach zu viel Energie die einem fehlt um sich selbst zu finden.

Viel wichtiger ist, dass man seinen Fokus auf sich lenkt. Auf das was man selbst beeinflussen kann.

Auf mich bezogen hieß das, dass ich mit Gott und der Welt Frieden geschlossen habe.

Ich bin froh und glücklich, dass ich ein gesundes Kind habe. Ich lernte wieder meinem Umfeld neutral entgegen zu treten.

Sich Ziele zu stecken, die nicht weit entfernt waren, aber sich auch nicht fertig zu machen, wenn diese nicht erreicht werden.

Als Beispiel möchte ich die Wohnungssuche thematisieren. Denn die perfekte Wohnung zu finden dauerte 1 ½ Jahre.

Ich musste über meinen Schatten springen, um das finanzielle Ungleichgewicht wieder zu stabilisieren. Ich drängte mich dazu, mich mit Banken auseinander zu setzen, mir Gedanken machen, was kann ich mir leisten, was will ich mir leisten, was muss ich mir leisten können.

Um sich die Wohnung finanzieren zu können, aber auch leisten zu können.

Es klingt vielleicht etwas abgedroschen, aber auch Sport zu betreiben brachte mir wieder Freude zurück.

Das ist ein Ziel, bei dem man das Ergebnis sieht, ich mache zwar hauptsächlich Sport daheim, weil mir die Zeit, aber auch das Geld dafür fehlt in einen Fitnesstempel zu wandern.

Doch diese 30 – 40 Minuten waren sehr wichtig damals für mich. Wenn man ausgepowert ist hat man keine Energie mehr sich mit negativen zu beschäftigen.
Man sieht die Veränderungen an sich und man lernt wieder stolz auf sich selbst zu sein.

Und auch sein Umfeld bekommt diese Veränderungen mit und glauben Sie mir nichts streichelt eine Seele mehr als Komplimente.

Ich möchte hier aber keine Ratschläge geben oder Ihnen vermitteln, dass mit etwas Hanteln stemmen sich Ihre Probleme lösen lassen.

Den Motor zur einer positiven Veränderung muss jeder für sich selbst finden.

So und nun werden Sie sich Fragen „was hat das alles mit seinem Kind zu tun?"

Für mich sehr vieles, da es für mich der Auslöser war, nicht aufzugeben.

Nicht weil ich es mir schuldig war, sondern weil ich es ihm schuldig bin. Immer weiter zu machen und glücklich zu sein, damit auch er glücklich sein kann.

Die bedingungslose Liebe meines Kindes ist es was ich brauchte, um mich meinen Ängsten zu stellen, alte Verhaltensmuster abzulegen und wieder aufzustehen.

Aber auch dieses „Warum" muss jeder für sich selbst finden und es festhalten.

Mir war es aber wichtig, dass man aufzeigt, dass es auch ein Mann schaffen kann gut für ein Kind zu sorgen. Und mittlerweile stehe ich über der Frage „warum lebt der Kleine bei seinem Vater?" Diese Frage würde man einer Mutter zwar nie stellen, doch jetzt ärgere ich mich nicht mehr darüber.

Das Buch möchte ich Typisch Mann mit einem
Rocky Zitat beenden:

*Ich werde dir jetzt was sagen, was du schon längst weißt.
Die Welt besteht nicht nur aus Sonnenschein und Regen-
bogen. Sie ist oft ein gemeiner und hässlicher Ort. Und es
ist mir egal wie stark du bist - sie wird dich in die Knie
zwingen und dich zermalmen, wenn du es zulässt. Du
und ich - und auch sonst keiner kann so hart zuschlagen
wie das Leben! Aber der Punkt ist nicht der, wie hart einer zuschlagen kann. Es zählt bloß, wie viele Schläge er
einstecken kann und ob er trotzdem weitermacht. Wieviel
man einstecken kann und trotzdem weitermacht. Nur so
gewinnt man! Wenn du weißt was du wert bist, dann geh
hin und hol es dir. Aber nur, wenn du bereit bist die
Schläge einzustecken! Aber zeig nicht mit dem Finger auf
andere und sag du bist nicht da wo du hinwolltest, wegen
ihm oder wegen ihr, oder sonst irgendjemandem.
Schwächlinge tun das!*

Widmung & Danksagung

Widmen möchte ich dieses Buch meinen Sohn
Elias, der immer zu seinem alten Herren haltet und
mit mir durch dick und dünn gegangen ist. Durch
seine besondere Art gelingt es ihm jeden Tag neu
zu inspirieren.

Danke, dass du da bist, hab dich lieb!

Danke möchte ich auch meinen Eltern sagen, ohne
ihre Unterstützung wäre mein Tagesablauf noch
stressiger. Danke euch für alles! Die auch zu mir halten, wenn sie mein Tun und Handeln nicht immer
nachvollziehen können.

Auch möchte ich mich bei den zweiten Großeltern
Paar bedanken. Die auch gerne mit ihrem Enkel auf
Urlaub fahren oder ihn bei sich ihm Garten austoben
zu lassen.

Der Autor

Markus Stöger wurde am 17.02.1978 in Wien geboren.

Das Buch „2 Mann WG" ist mittlerweile das 2. Buch, dass Markus Stöger geschrieben hat. Mit dem Buch „IT die ganze Wahrheit" erfüllte er sich seinen Wunsch ein Buch zu schreiben.

Mit dem neuen Buch „2 Mann WG" möchte er einen Einblick in eine prägende Zeit geben, in der er viel über sich lernte und neue Ziele und neue Denkmuster aufbaute.

Er möchte zeigen, dass man aus einem Tief hinauskommen kann, aber das man aber auch selbst an sich arbeiten muss. Dass man seine Ziele und Wünsche fokussieren muss.

Das man lernen muss auch dankbar zu sein, über das was man hat, auch wenn dieses für einen selbst unwichtig zu Beginn vorkommt.

Zeitfracht Medien GmbH
Ferdinand-Jühlke-Straße 7
99095 Erfurt, Deutschland
produktsicherheit@kolibri360.de